KB063901

A Time to Keep

Tasha Tudor

타샤의 계절

타샤 튜더 지음 | 공경희 옮김

Tasha Tudor
BOOK OF HOLIDAYS

Time is the image of eternity.

PLATO

시간은 영원의 이미지

플라톤

할머니, 엄마가 저만 할 때는 어땠어요?

January brings the snow,
Makes our feet and fingers glow.

MOTHER GOOSE

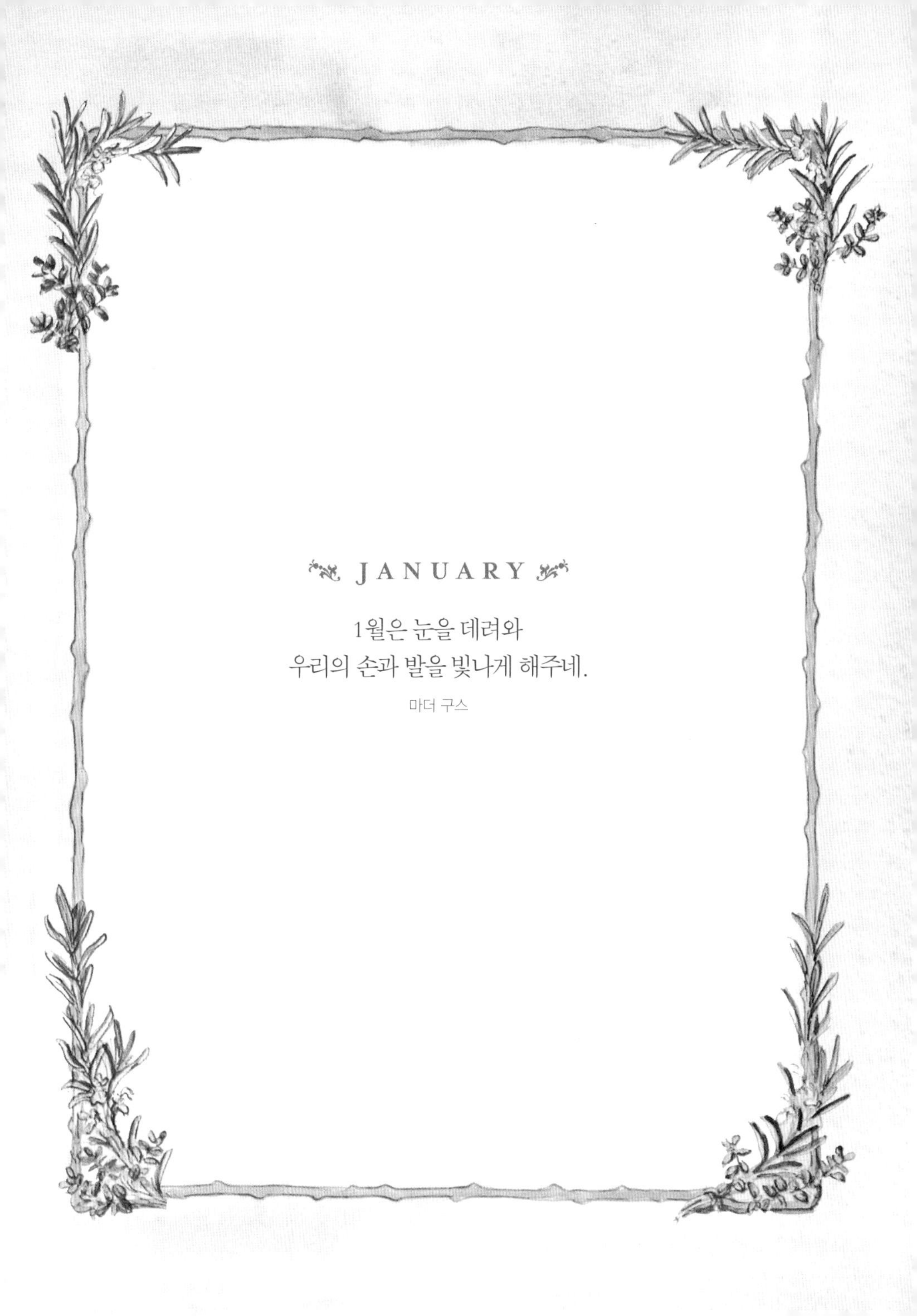

JANUARY

1월은 눈을 데려와
우리의 손과 발을 빛나게 해주네.

마더 구스

JANUARY

정말이지, 즐거운 날이 아주 많았지.
한 해의 마지막 날이 되면 아이들은 모닥불을 피웠어.
다들 모닥불 주위에서 춤추며 큰소리로 외쳤지.
"새해 복 많이 받으세요!"

새해를 맞이하는 파티를 열었단다.
소고기 구이와 그 고기즙으로 만든 푸딩을 먹었어.
사과파이에 아이스크림이랑 치즈도 먹었지.

FIRST

1월 6일은 크리스마스로부터 12일이 지난 날을 축하하는 날인데,
이날이 되면 염소 썰매 경주를 했단다.
정말 신이 났었지.
1등을 하면 상도 받았어.

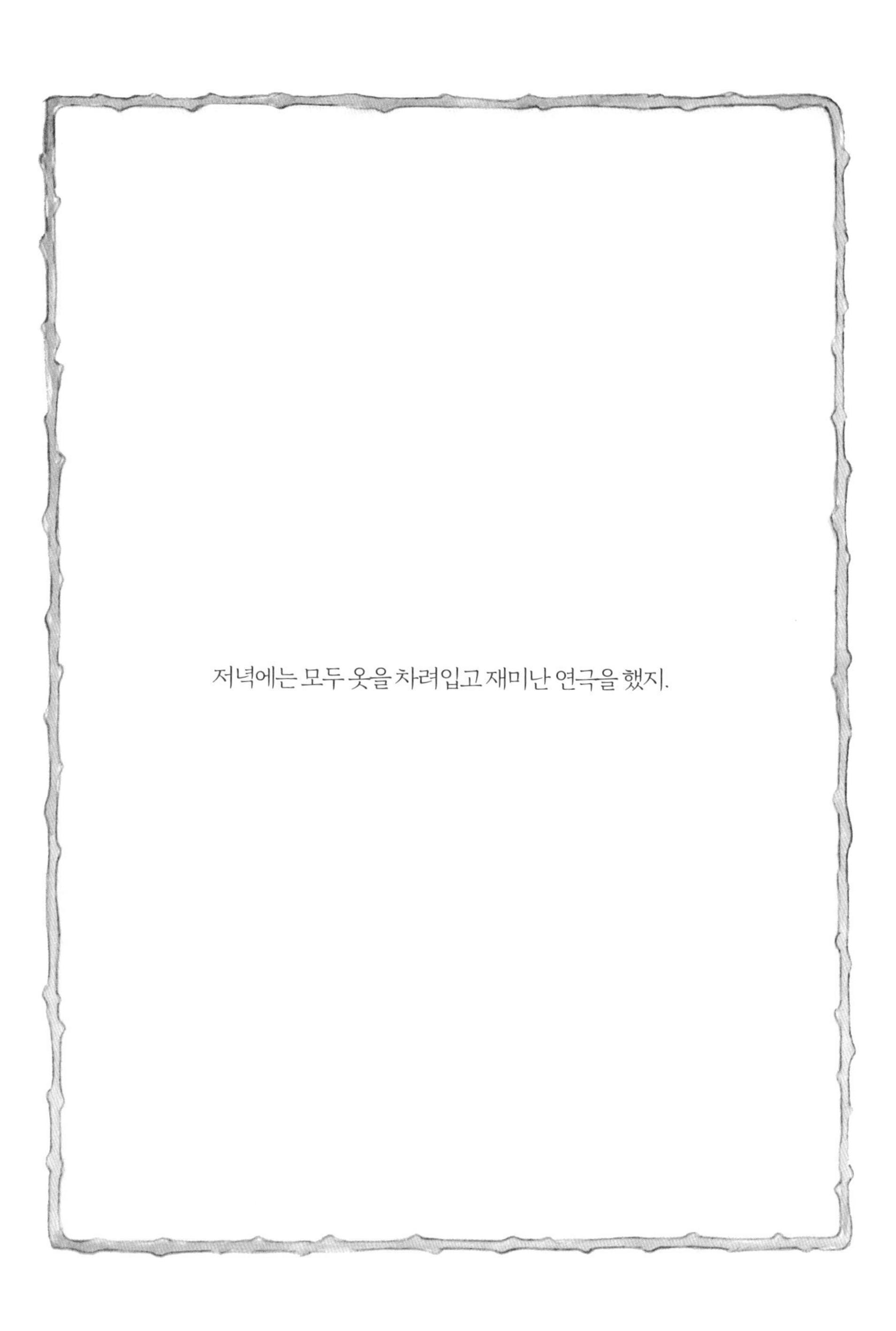

저녁에는 모두 옷을 차려입고 재미난 연극을 했지.

F

Roses are red, violets are blue,
Angels in heaven know I love you.

OLD SONG

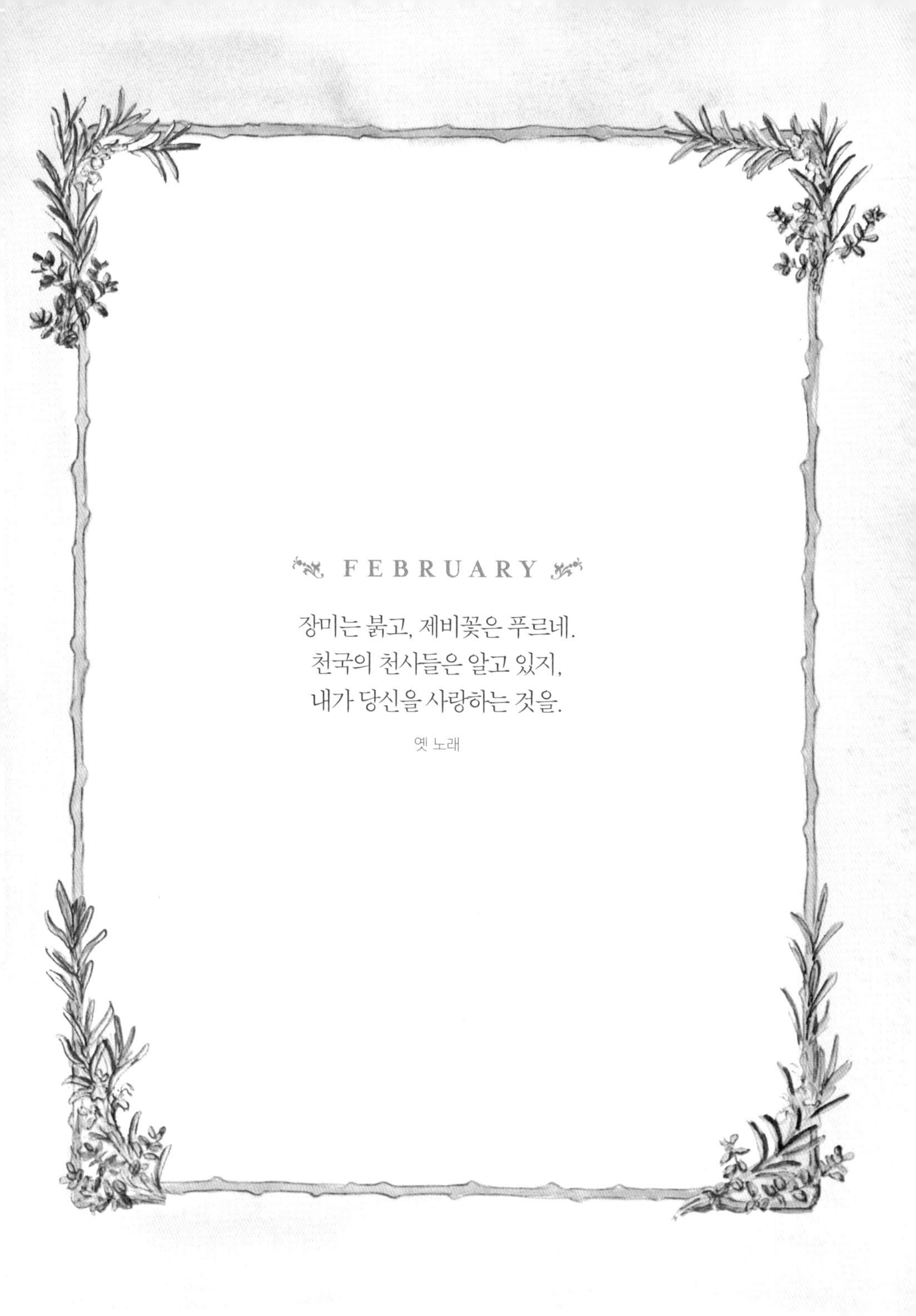

FEBRUARY

장미는 붉고, 제비꽃은 푸르네.
천국의 천사들은 알고 있지,
내가 당신을 사랑하는 것을.

옛 노래

FEBRUARY

그 시절 우리 집에는 자그마한 우체국이 있었단다.
참새 우편으로 밸런타인데이 카드가 도착했지.

Mr Tom Tudor
LOVE
WATCH OUT

물론 인형 가족도 밸런타인데이 카드를 받았어.
코기들도 선물을 받았고,
고양이 퍼스는 생쥐 모양 개박하를 받았지.
개박하는 고양이가 좋아하는 풀이란다.

2월 22일은 워싱턴 대통령의 탄생일인데,
이날엔 체리를 넣은 워싱턴 파이를 만들어 먹었어.
보스턴에서 미들 메리 이모가 보내온
선물들도 나누어 가졌지.

저녁엔 아이들이 준비한 연극을 보았지.
무슨 연극이냐고?
미국의 첫 대통령인 워싱턴이 어렸을 때,
아버지가 아끼는 체리나무를 그만 도끼로 베어버렸어.
아버지가 누가 그랬냐고 묻자,
워싱턴이 거짓말하지 않고 정직하게 말했다는 이야기였지.
그때 입었던 옷들이 여태 다락에 있단다.

Daffodils, that...take
the winds of March with beauty.

WILLIAM SHAKESPEARE

MARCH

3월의 바람을 아름답게 물들이는 …
수선화.

윌리엄 셰익스피어

MARCH

3월은 나무즙을 모으기에 좋은 계절이지.

모두들 나무즙을 받으러 숲으로 갔단다.

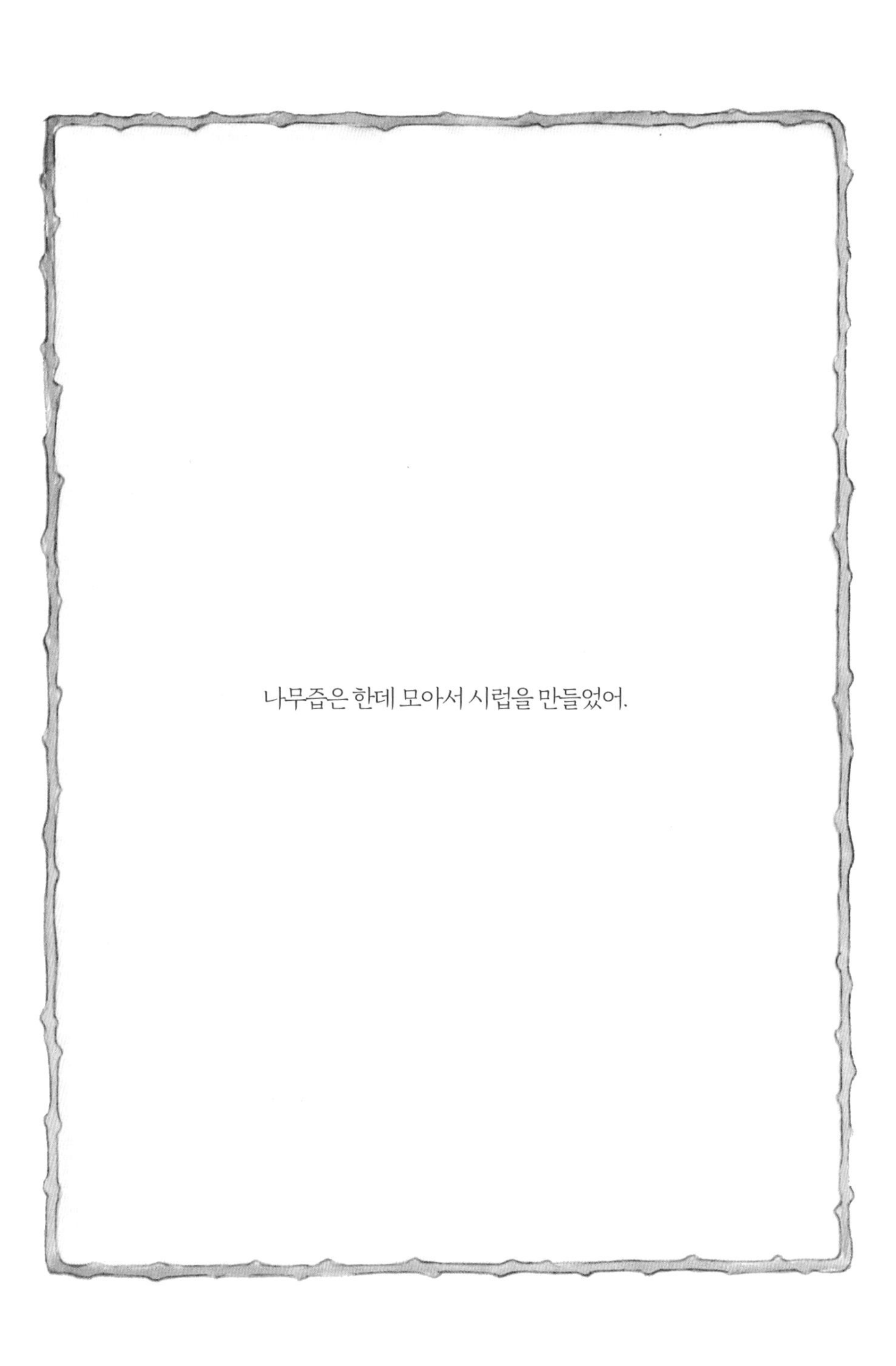

나무즙은 한데 모아서 시럽을 만들었어.

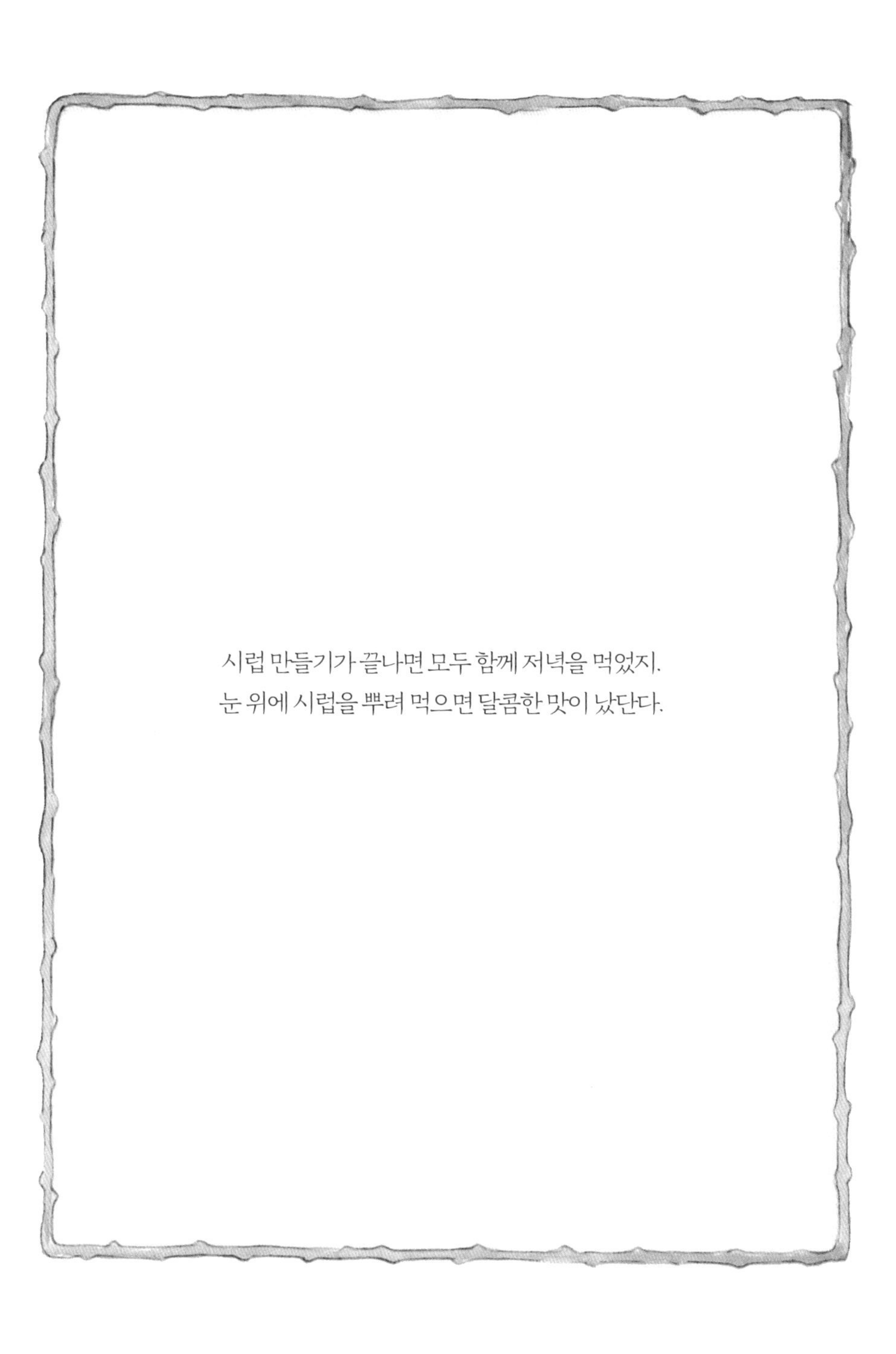

시럽 만들기가 끝나면 모두 함께 저녁을 먹었지.
눈 위에 시럽을 뿌려 먹으면 달콤한 맛이 났단다.

A

April showers
Bring May flowers.

MOTHER GOOSE

APRIL

4월의 비는
5월의 꽃을 데려다주네.

마더 구스

APRIL

부활절 주가 되면 우리는 예쁜 부활절 달걀을 만들었어.
간식 시간에는 십자가 모양의 빵을 먹기도 했지.

부활절에는 언제나 멋진 부활절 달걀 트리를 만들었어.
거위, 오리, 닭, 비둘기 알로 장식했는데,
트리 꼭대기에는 조그만 카나리아 알도 걸었단다.

4월에는 아기 염소들이 밖으로 나와
따스한 봄 햇살 아래서 뛰어놀았어.

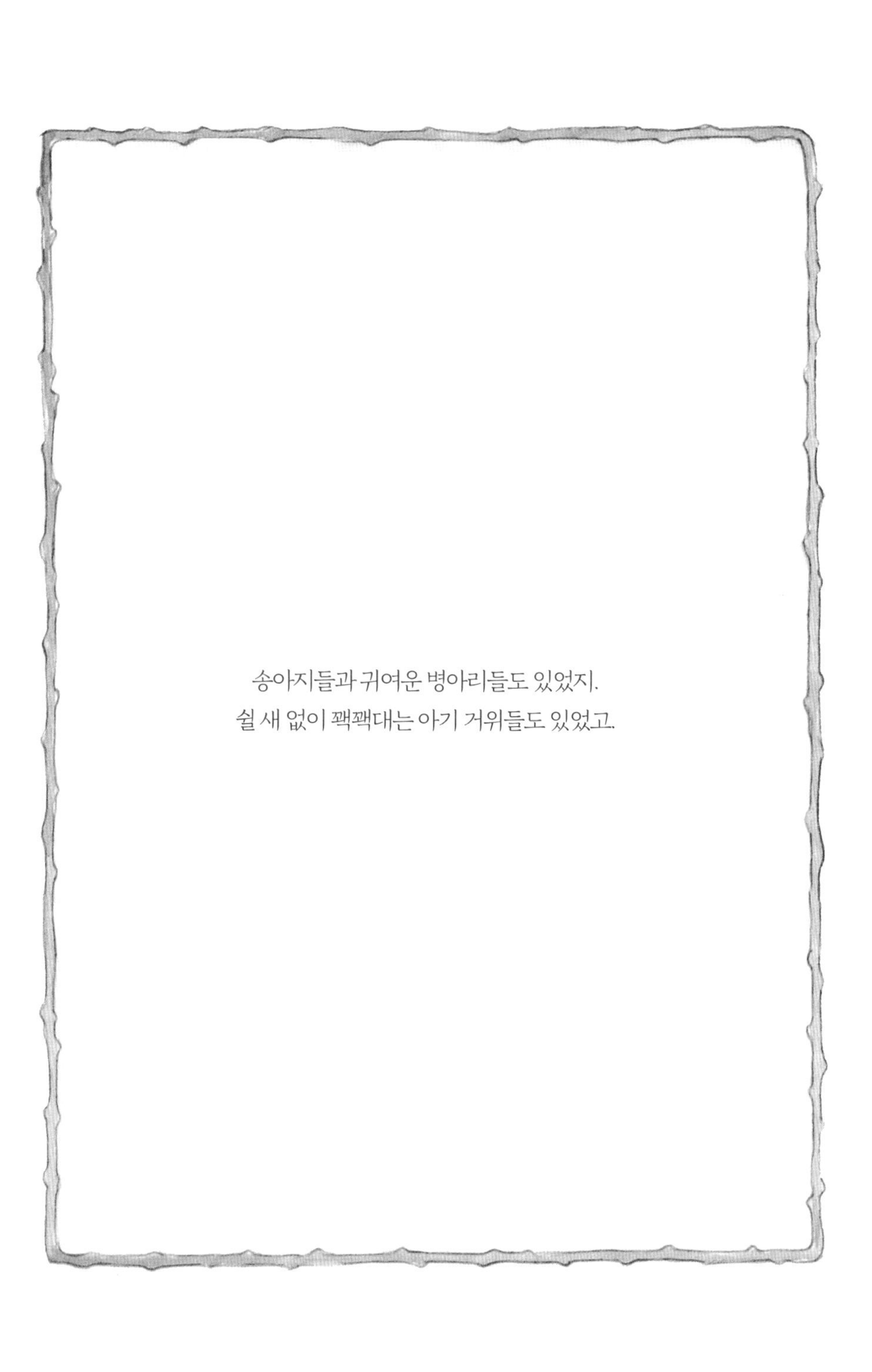

송아지들과 귀여운 병아리들도 있었지.
쉴 새 없이 꽥꽥대는 아기 거위들도 있었고.

M

Welcome be thou, faire, fresshe May.

GEOFFREY CHAUCER

MAY

그대를 환영하오, 아름답고 싱그러운 5월이여.

제프리 초서

MAY

5월 1일은 5월제라고 하는데,
농사가 잘되기를 비는 날이지.
이날이 되면 아이들은
이웃집 문 앞에 꽃바구니를 몰래 갖다 두었단다.

5월제 기둥을 에워싸고 빙글빙글 춤도 추었지.

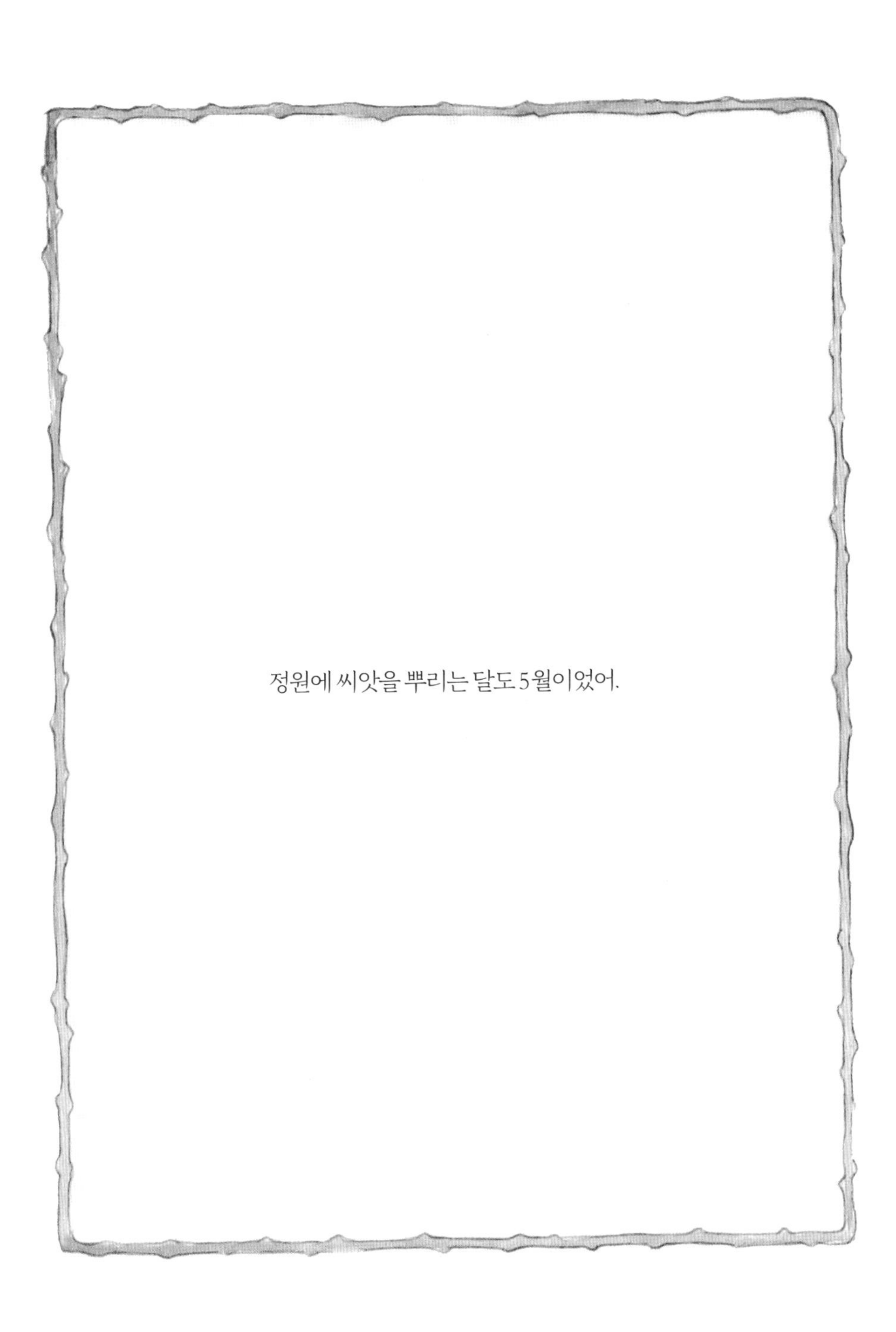

정원에 씨앗을 뿌리는 달도 5월이었어.

T. Tudor, 77

11시, 간식 시간에는 사과나무 아래
맛있는 아이스티와 쿠키를 차려놓고
파티를 열었단다.

And it was summer–
warm, beautiful summer.

HANS CHRISTIAN ANDERSEN

JUNE

이제 여름이 왔다,
따뜻하고 아름다운 여름이.

한스 크리스티안 안데르센

JUNE

6월 24일은 세례 요한 축일이잖니?
이날이 되면 마리오네트 인형극을 했단다.
연습을 하고 또 하고, 아주 오랫동안 연습했어.

직접 마리오네트 인형을 만들고,
무대 배경도 그리고, 안내문도 그려 색칠했지.

ICED TEA
ROOT BEER
ICE CREAM
CONES
SODA
T Tudor 1971

인형극은 밤에 마차 보관소에서 열렸어.
무대가 가장 잘 보이는 좋은 자리에는 할머니들이 앉으셨지.

쉬는 시간에는 간식을 나누어 먹으며
다 함께 즐거운 시간을 보냈단다.

Life, Liberty and the pursuit of Happiness.

THOMAS JEFFERSON

JULY

인생, 자유, 행복의 추구.

토머스 제퍼슨

JULY

독립기념일 아침이면
빈 깡통에 폭죽을 넣어 날려 보냈어.
사내아이들은 시끄러운 소리를 좋아했지.
코기들은 싫어했지만!

다락방 창문에 국기를 내건 다음,
맛있는 음식을 잔뜩 만들어서 소풍을 갔어.

어디로 갔냐면,
카누를 타고 마법의 섬으로 갔지.
그곳에서 점심을 먹었단다.

그날 저녁 마을 광장에서는
불꽃놀이가 벌어졌어.
우리는 높은 풀밭에 앉아 구경하는 걸 좋아했단다.

A

My heart is like a singing bird.

CHRISTINA ROSSETTI

AUGUST

내 마음은 노래하는 새와 같나니.

크리스티나 로세티

AUGUST

8월은 네 엄마의 생일이 있는 달이지.
우리는 밤에 강가로 나가 축하 파티를 했단다.
자작나무 껍질로 만든 접시와 조롱박 컵으로 상을 차렸어.

LAURA
NATE
WINSLOW
JENNY
JASON

선물은 호두 껍질 속에 넣어놓은 것들도 있고,
나무로 만든 동물 가족 바구니도 있었지.
버섯 모양으로 만든 과자도 있었어.

하지만 최고로 근사한 것은

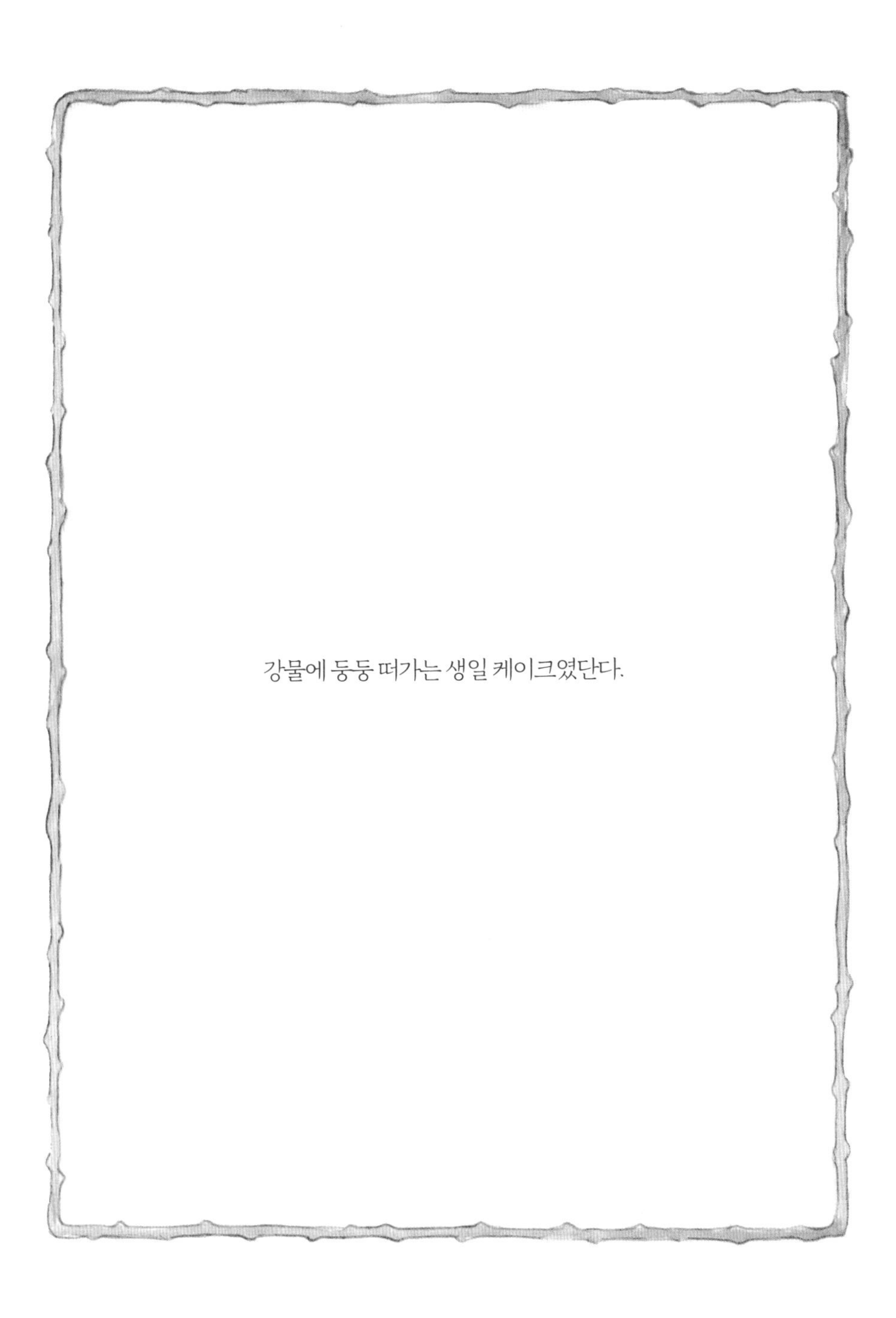

강물에 둥둥 떠가는 생일 케이크였단다.

Comfort me with apples.

SONG OF SOLOMON

SEPTEMBER

사과로 내 기운을 북돋아주세요.

아가서 2장

SEPTEMBER

CAPT. T. CRANE
MELISSA & BABY TAD
SARAH LINNET
NICY MELINDA
CAPT. SHAKESPEARE

DR. PYE
REV. BUNYAN BARKIDDDY
HORATIO RABBIT L.G.S.
ARAMINTA
ALEXANDER GOSLING
T. BEAR
POCKET BEAR
MERT BOGART

9월은 잔치가 열리는 달이야.
노동절에는 인형들의 잔치가 열리곤 했어.
당연히 모든 인형들이 총출동했고,
인형들의 친구들까지 모두 나왔지.

DOUGHNUTS 5 ☺ A STRING
PIES
10 ☺
CANDY
A BOX
5 ☺
ELEGANT
CAKES
15 ☺
MME.
TWEEDY'S
PARIS FASHIONS
for the
DISCRIMINATING
BEAR GARMENTS
THE GLASS OF FASHION

우리는 단추를 돈으로 사용했지.
인형 크기 케이크랑 파이, 사고 싶은 건 뭐든
단추만 있으면 살 수 있었어.
참 재미있었겠지?

BEETLE
HOUSE
MERT'S RACING HARDSHELLS

누구 꽃과 채소가 더 예쁜지 시합도 했어.
모두 인형에게 맞는 조그만 크기였지.
1등에게는 상도 주었어.
딱정벌레 경주도 했지.

활쏘기 대회도 열고
달콤한 아이스크림 소다수도 마셨어.

O

When the frost is on the punkin
and the fodder's in the shock.

JAMES WHITCOMB RILEY

OCTOBER

호박밭에 서리가 내리고
짚단을 묶는 계절.

제임스 위트콤 라일리

OCTOBER

10월에는 직접 키운 사과로 주스를 짰단다.

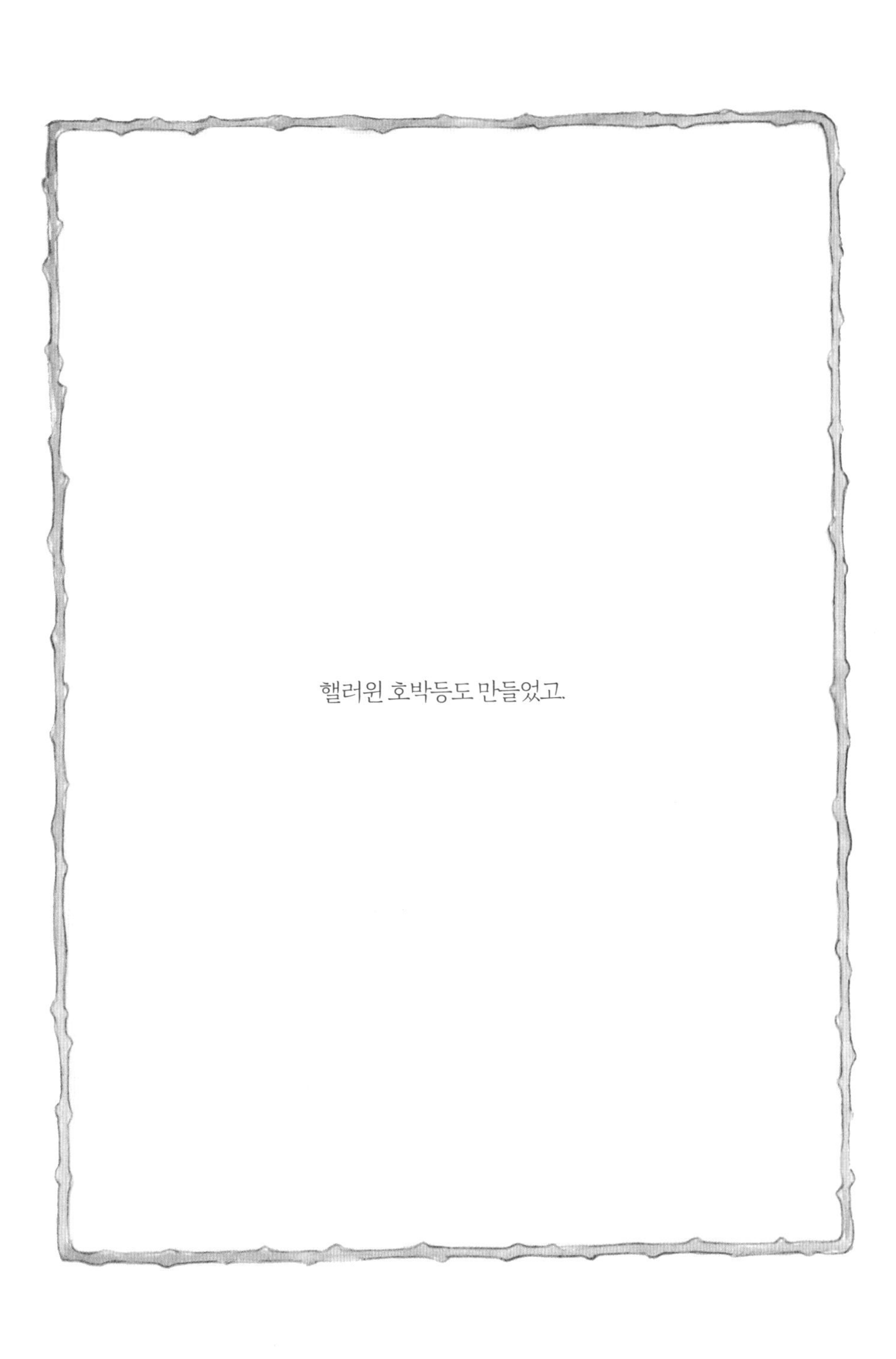
핼러윈 호박등도 만들었고.

10월의 마지막 날,

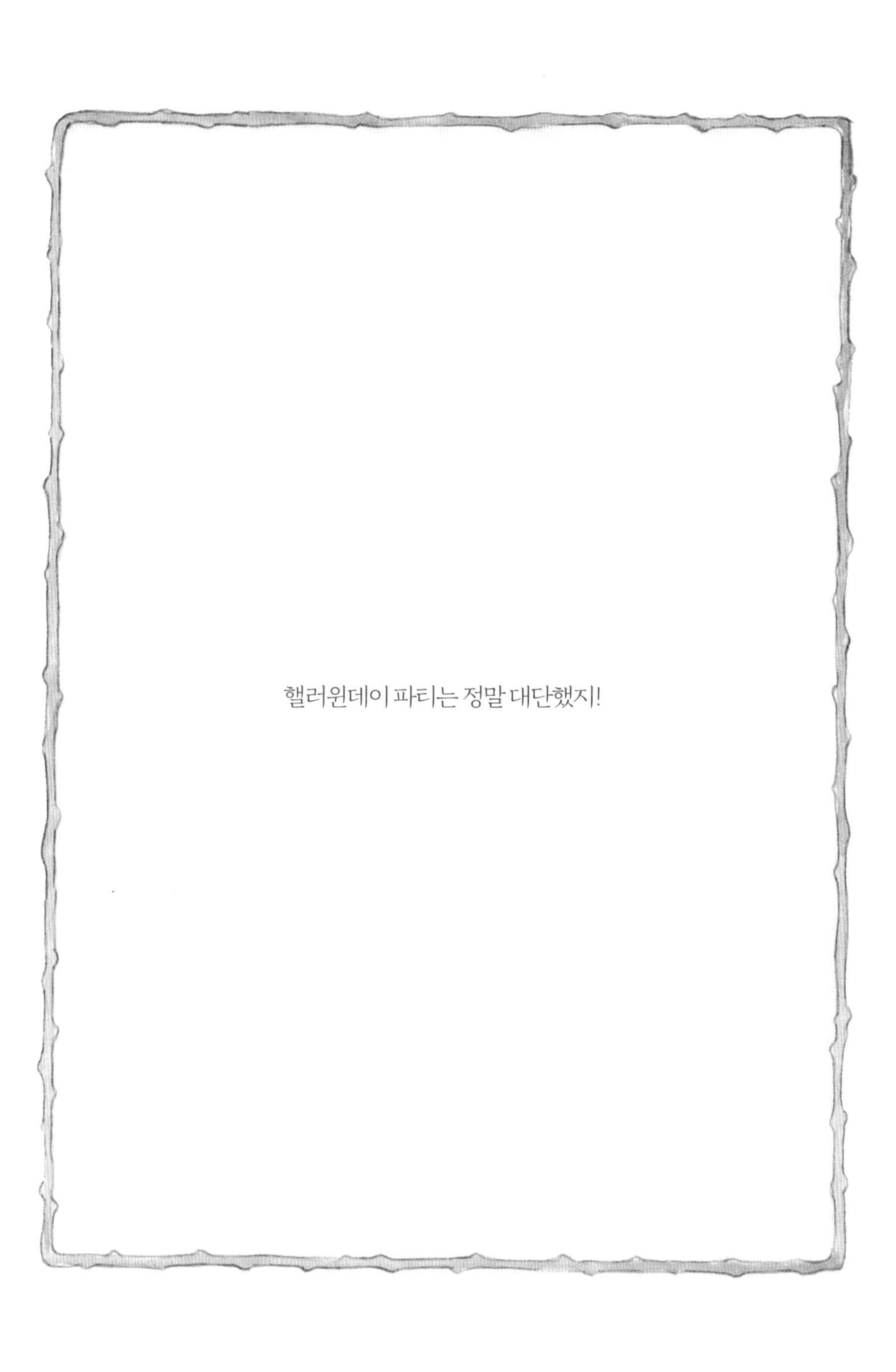

헬러윈데이 파티는 정말 대단했지!

No fruits, no flowers, no leaves, no birds,
November!

THOMAS HOOD

NOVEMBER

과일도, 꽃도, 나뭇잎도, 새도 없는
11월!

토머스 후드

NOVEMBER

추수감사절에는 장작불에 칠면조를 구웠단다.

친척들이 어찌나 많이 찾아왔는지
아이들은 헛간에서 자야 했지.
우리는 연극도 하고 게임도 하고,
글짓기 대회를 열어서
1등에게는 멋진 책을 상으로 주었어.

이때부터 미리 크리스마스 선물을 만들었지.

1년 동안 쓸 양초도 만들었고.

D

Some say that ever 'gainst that season comes
Wherein our Saviour's birth is celebrated,
The bird of dawning singeth all night long.

WILLIAM SHAKESPEARE

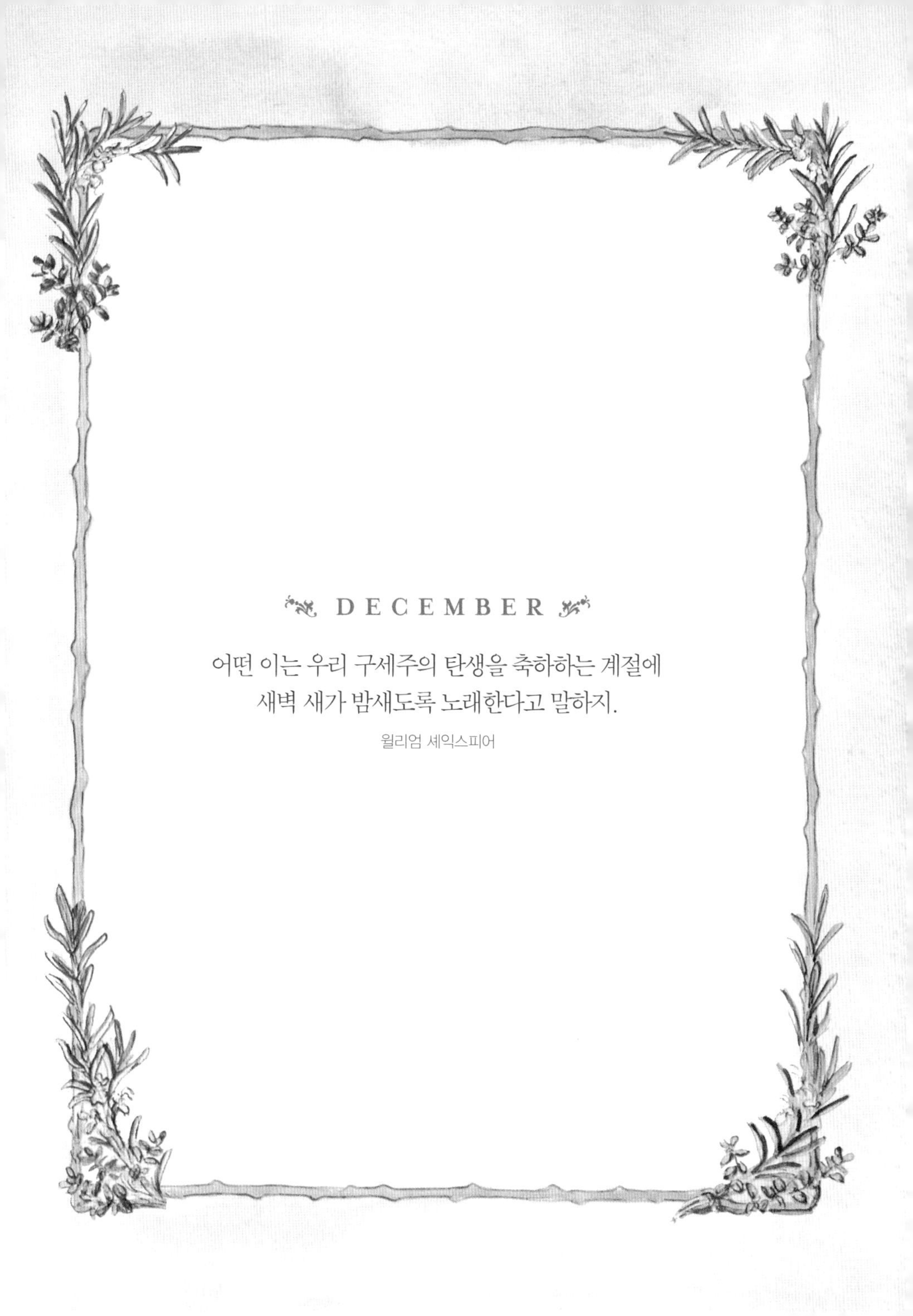

DECEMBER

어떤 이는 우리 구세주의 탄생을 축하하는 계절에
새벽 새가 밤새도록 노래한다고 말하지.

윌리엄 셰익스피어

DECEMBER

크리스마스는 1년 중에서 가장 특별한 날이지.
성 니콜라스가 태어난 날인 12월 6일이 되면
강림절 달력을 걸고,
크리스마스 피라미드를 세웠어.

강림절 화환에 불을 붙이고
성 니콜라스 케이크를 만들어 먹었지.

크리스마스 이브는 마법 같은 시간이었어.
어둠이 내리면 우리는
별들이 빛나는 밤 속으로 걸어나갔지.

촛불이 밝혀진 구불구불한 오솔길을 따라
숲속의 신비로운 아기 구유로 갔어.

기다리고 기다리던 크리스마스 날 밤은
1년 중 최고로 아름다웠어.

촛불이 반짝이는 예쁜 트리를 보면
이 땅의 평화를 바라게 되고,
감사하는 마음이 가슴속에 가득해졌지.

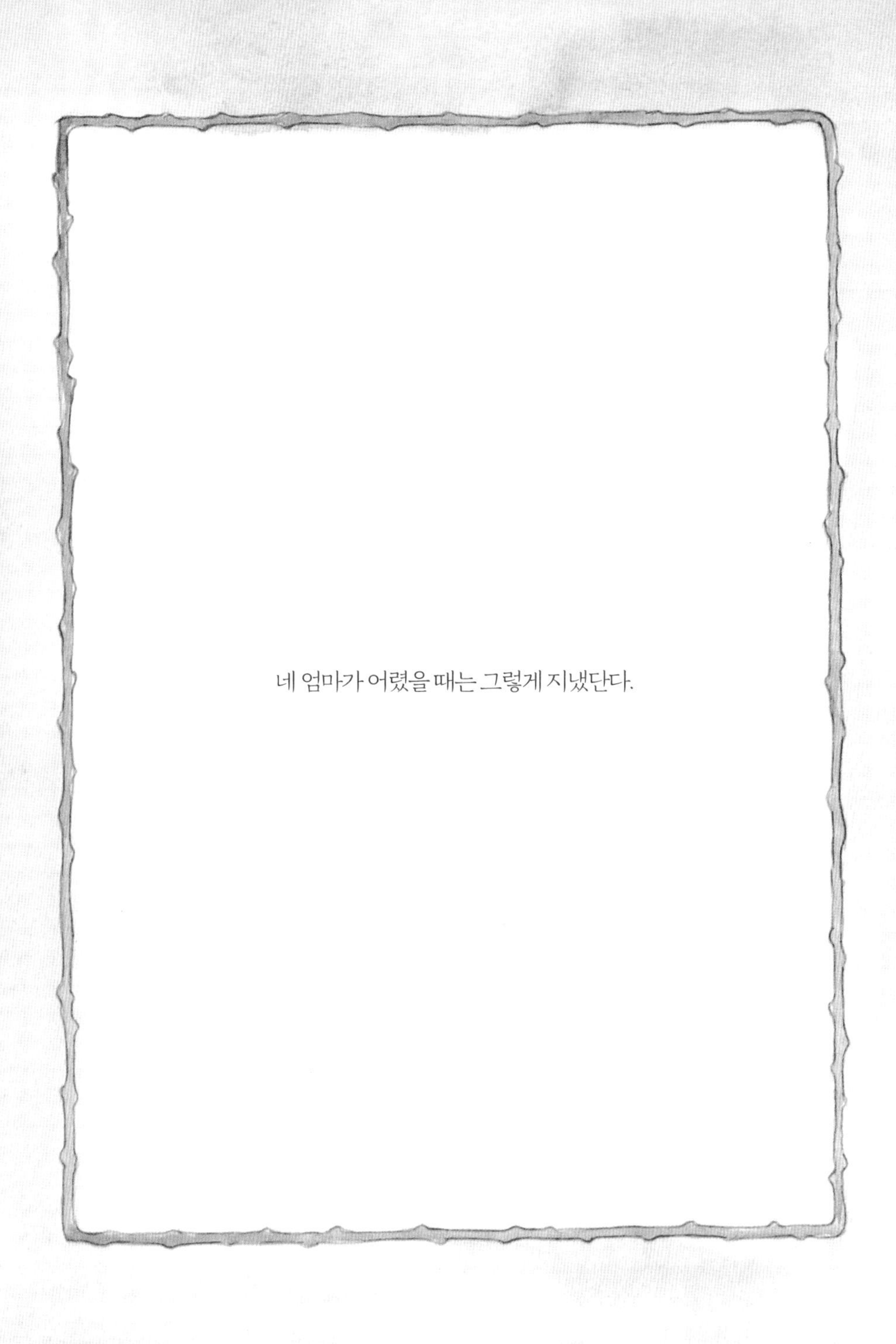

네 엄마가 어렸을 때는 그렇게 지냈단다.

Tasha Tudor

이 책에 소개된 행사들은 지금도 지켜지고 있습니다.
이 전통은 타샤의 어린 시절로 거슬러 올라갑니다.
타샤 튜더는 어렸을 때 경험한 행사들을 자녀들과 함께하기 위해 새롭게 단장했고
손자 손녀들에게 물려주었으며 지금은 그 손자 손녀들이 전통을 이어나가고 있습니다.
밸런타인데이에는 참새 우편집배원이 카드를 배달하고
매년 12월 6일에는 강림절 달력을 내겁니다.
강림절 달력은 하루에 한 장씩 날짜를 열어보며 크리스마스를 기다리는 달력으로,
타샤는 직접 달력을 그려 벽에 붙여놓곤 했습니다.
타샤가 어린 시절부터 아끼던 인형 멜리사도 인형 잔치에 등장합니다.

타샤 튜더는 미국에서 가장 사랑받는 동화작가입니다.
'칼데콧 상'을 두 번 수상했고 1938년에 첫 작품인 〈호박 달빛Pumpkin Moonshine〉을
시작으로 100권이 넘는 그림책을 내놓았습니다.
타샤 튜더는 꽃과 동물을 사랑한 자연주의자이며
버몬트 숲속에서 비밀의 화원을 가꾼 열정적인 원예가였습니다.
동시에 솜씨 좋은 요리사이며 책을 좋아하는 다독가였고
무엇보다 평생 그림을 그린 화가였습니다.

이 책은 타샤 튜더의 모든 것을 보여주는 대표적인 작품입니다.
섬세하고 부드러운 수채화, 자세히 볼수록 정감이 묻어나는 테두리 그림들,
향수를 자아내는 아름다운 풍경들, 타샤가 정원에서 실제로 가꾸던 꽃과 나무들,
정성껏 만들어낸 갖가지 축하 음식들,
늘 암송하던 멋진 시구와 언제나 타샤 곁을 지켜준 코기들,
그녀의 집과 가족들의 모습까지 모든 것을 볼 수 있습니다.
타샤는 상상으로 그리지 않고 현실 속의 사물이나 사람을
모델로 그림을 그리기에 더욱 감동이 큽니다.

타샤의 그림에는 한 송이 꽃이 주는 기쁨,
일을 잘 마쳤을 때의 만족감, 변해가는 계절의 아름다움,
예전부터 소중히 해온 전통에 대한 존중이 담겨 있습니다.
'바로 오늘이 생애 가장 기쁜 날이니, 기쁨을 맘껏 누리라'는
타샤 튜더의 정신이 생생하게 전해져옵니다.
1977년 출간된 이래 30여 년간 전 세계 수많은 독자들을
마법의 섬으로 데려다준 이 책은 우리에게 특별한 날을 기다리는
행복이 무엇인지 알려줄 것입니다.

타샤 튜더는 미국에서 가장 사랑받는 동화작가이자 삽화가다.
1938년에 첫 작품 〈호박 달빛Pumpkin Moonshine〉을 출간한 이래 100권이 넘는 그림책을 내놓았다.
〈1은 하나1 is One〉와 〈마더 구스Mother Goose〉로 '칼데콧 상'을 두 번 수상했으며
동화작가에게 주어지는 최고의 상인 '리자이너 메달'을 수상했다.
그녀의 인생과 라이프스타일을 담은 〈타샤의 정원〉, 〈타샤의 말〉, 〈타샤의 식탁〉,
〈타샤의 집〉, 〈타샤의 그림〉, 〈타샤의 돌하우스〉 등이 출간되어 많은 사랑을 받고 있다.

공경희는 서울대 영문과를 졸업한 후 지금까지 번역 작가로 활동 중이다.
성균관대 번역 테솔 대학원의 겸임 교수를 역임했고, 서울여대 영문과 대학원에서 강의하고 있다.
〈비밀의 화원〉, 〈곰 사냥을 떠나자〉, 〈무지개 물고기〉,
〈모리와 함께한 화요일〉, 〈호밀밭의 파수꾼〉, 〈타샤의 말〉 등을 번역했다.

A TIME TO KEEP
by Tasha Tudor

Korean edition ⓒ 2018 by Will Books Publishing Co.
Original English language edition:
Copyright ⓒ 1977 by Tasha Tudor
Published by arrangement with Simon & Schuster Books For Young Readers,
an imprint of Simon & Schuster Children's Publishing Division through KCC(Korea Copyright Center Inc.)

이 책의 한국어판 저작권은 (주)한국저작권센터(KCC)를 통한 저작권자와의 독점 계약으로 윌북에 있습니다.
저작권법에 의하여 한국 내에서 보호를 받는 저작물이므로 무단 전재와 무단 복제를 금합니다.

타샤의 계절

초판 발행 2008년 10월 1일 신판 2쇄 2019년 1월 10일 지은이 타샤 튜더 옮긴이 공경희

펴낸이 이주애, 홍영완 편집 양혜영, 장종철 디자인 김주연 마케팅 김진겸, 김가람

펴낸곳 윌북 출판등록 제406-2004-17호 주소 10881 경기도 파주시 회동길 209

전자우편 willbook@naver.com 전화 031-955-3777 팩스 031-955-3778

블로그 blog.naver.com/willbooks 포스트 post.naver.com/willbooks 페이스북 @willbooks

트위터 @onwillbooks 인스타그램 @willbook_pub

ISBN 979-11-5581-201-3(03800) (CIP제어번호: CIP2018036381)

책값은 뒤표지에 있습니다. 잘못 만들어진 책은 구입하신 서점에서 바꿔드립니다.